Soleils de vie

Vivre simplement ! Magnifique !
Regarder le ciel,
voir le soleil pendant le jour
et les étoiles pendant la nuit.
Contempler une fleur,
observer des enfants,
se laisser aller à rêver,
éveiller la joie,
se rappeler les moments agréables,
être en paix,
simplement être humain.
Alors, la vie devient une fête.

Aime les personnes :
petites et grandes,
belles et laides,
habiles et gauches,
réussies et ratées.
Aime-les comme elles sont.
Car il n'y a pas d'autres personnes que celles-là.

Allume la lumière dans ton cœur.
Alors, la lumière éclairera tes yeux.
Tu découvriras des choses magnifiques
et des personnes dignes d'être aimées.

Tu n'as qu'une vie à vivre.
Aime la vie comme elle est.
Essaie de goûter cette vie-ci.
T'y refuser
serait te priver de la vie.

Il suffit de regarder autour de soi pour se rendre compte d'une chose : beaucoup de personnes n'ont pas le goût de vivre. La vie leur est un fardeau. Elles ne s'attardent jamais qu'au côté sombre des choses, sans jamais remarquer ce qui est bon. Leur regard est tourné vers le bas, vers l'obscurité. Jamais elles ne lèvent les yeux vers le haut, vers la lumière. Elles oublient les étoiles. Elles sont aveugles. Les nombreux plaisirs du quotidien, elles ne les voient pas.

Une personne qui est en paix n'attend pas plus de la vie que ce que la vie peut lui donner. Il y a des journées sombres et des journées radieuses. Une personne qui est en paix goûte les journées comme elles lui sont données. Nourrir trop d'attentes, c'est s'attirer des nuages sombres. C'est être soi-même la cause de ses mauvais jours.

Suspends tes nuages de pluie :
le soleil se chargera bien de les sécher !

Dis merci, enfant,
pour le courant d'amour
qui, discrètement, parcourt le monde.

Dire merci, c'est reconnaître tout le bien qui t'est fait.
T'es-tu toi-même donné la vue ?
T'es-tu toi-même posé les doigts sur la main ?
En cela est inscrit, mystérieusement, un secret d'amour.
Quelque part, quelqu'un t'aime d'un amour indicible.

Dire merci,
c'est se rappeler ce que d'autres ont fait pour toi.
Avant que tu ne puisses courir, des bras t'ont porté.
Des mains t'ont caressé, une bouche t'a embrassé,
on a fait cuire du pain pour toi.
La reconnaissance exprime la mémoire du cœur.

Des personnes ont été bonnes pour moi.
Elles ont veillé sur moi, lorsque j'étais enfant.
Elles m'ont accompagné pendant ma croissance.
Elles m'ont encouragé dans les moments difficiles.
Elles se sont réjouies de mon bonheur.
Cela, mon cœur ne peut l'oublier.

La reconnaissance, c'est la mémoire du cœur.

La vie est une aventure avec Dieu
et avec les humains,
aventure tissée d'émotions
dans un monde habité par la lumière
et par les ténèbres.

J'aime les personnes qui vivent autour de moi.
J'aime la joie ;
c'est pourquoi la joie vient à moi.

J'aime l'amitié ;
c'est pourquoi je cueille les étoiles,
et ma journée déborde de bonheur.

Qui veut toujours avoir plus n'est jamais en paix.
La vie ne lui fait nul plaisir.
Cette personne est comme un oiseau
aux ailes trop lourdes.
Jamais elle ne pourra s'envoler vers le soleil.

Une personne qui se contente de peu
obtiendra plus que ce qu'elle attend.
Elle reçoit toute chose comme une merveille.
Les merveilles de la vie lui sont offertes gratuitement.

Quelle mine fais-tu ? Montres-tu ton vrai visage ? Te caches-tu derrière un masque ? Une fois par an, pour le Carnaval ou pour la fête d'Halloween, nous pouvons porter des masques et faire les fous. Mais ne va pas jouer la comédie tous les jours, te montrant l'amabilité même avec les personnes dont tu as besoin, et le contraire avec les autres ; une personne rayonnante en public, et un rabat-joie à la maison. Flatteur avec le patron, et acariâtre avec les autres.

Entame la journée avec le sourire.
Commence chaque matin
avec un visage aimable.
Le travail te sera moins lourd.
Ta peine sera plus petite
et le fardeau des autres, plus léger.
Une personne malade retrouvera de l'entrain
et une autre, qui se trouve dans l'obscurité,
percevra une lueur d'espoir.

Un visage aimable peut être un ange libérateur.

N'oublie pas les beaux jours !
Car si tu les oublies,
ils ne reviendront pas.

Si tu es en colère contre ton entourage,
si tu ne sais plus que faire,
rappelle-toi les beaux jours
où tu riais et dansais,
avec l'insouciance d'un enfant.

Si ta vie est un cri de douleur,
si ton cœur est rempli d'amertume
et que toutes traces d'espoir et de bonheur
se sont envolées,
cherche attentivement les beaux jours
au creux de ta mémoire,
ces jours où aucun nuage ne troublait le ciel,
ces jours où ta vie étincelait de soleil,
de joie et de confiance.

Emplis ta tête d'espérance,
ton cœur de paix,
et ta bouche de rire.
Et tout redeviendra bon.

Il y a des gens
qui répandent la lumière.
Et il y a des gens
qui jettent de l'ombre sur toute chose.

La critique est nécessaire. La critique authentique
révèle l'abcès qui se cache sous la surface,
et cherche à le guérir. Pour une société figée,
la critique authentique a l'effet d'une douche froide
qui active la circulation sanguine, comme un massage
vigoureux redonnant au corps sa souplesse.
La critique est essentielle à la vie.

Mais un critique pathologique garde toujours
le pied sur la pédale de frein. Il trouve toujours quelque
chose à redire. Il est comme un hache-viande,
qui déchiquette tout. Partout, il voit des trous noirs.
Chez lui, le soleil se couche chaque matin.

La critique la plus exigeante est l'autocritique.
Elle mène à une connaissance de soi qui libère.
Elle n'a rien à voir avec l'apitoiement sur soi ou le mépris
de soi. Une personne ouverte et honnête avec
elle-même sera aussi compréhensive à l'égard des autres.

Construis un monde meilleur,
en commençant chez toi !

Qui est capable de s'oublier soi-même
oublie aussi ses soucis.

Chaque jour, nous rencontrons monsieur Moi. Monsieur Moi se laisse facilement reconnaître. Il dit toujours : je, me, moi. Ses paroles sont les plus importantes, ses idées, les meilleures, ses aventures, les plus palpitantes, ses désirs, les plus pressants, ses malheurs, les pires. Tout tourne autour de sa personne. Monsieur Moi est très occupé. Il n'a jamais de temps pour les autres. Monsieur Moi a sa demeure en chaque être humain.

Mettons cet égoïste à la porte ! Soyons sensibles à la présence de notre prochain ; partageons ses joies et ses peines. Nous nous appartenons les uns aux autres ; nous avons besoin les uns des autres ; nous sommes indispensables les uns pour les autres. Faisons le pas libérateur qui nous conduit à l'autre, à cette personne de notre voisinage qui nous attend peut-être depuis longtemps.

Nous ne sommes pas plus grands
si nous rendons les autres plus petits.
Qui est rempli de soi-même
est, au fond, vide.

Fais attention lorsque tu parles.

Une parole dure peut blesser en profondeur.
Les mots qui sont lourds de haine éloignent les personnes
les unes des autres. Quand les mots se transforment
en armes, un ennemi se dresse. Notre vie n'est-elle pas
beaucoup trop courte, et notre monde beaucoup
trop petit, pour que nous en fassions
un champ de bataille ?

Fais preuve de tendresse lorsque tu parles.

Les mots qui jaillissent du cœur peuvent unir
les personnes. Les mots peuvent susciter la paix
et métamorphoser les cœurs. Heureuses les personnes
qui éliminent de leur bouche toute parole hargneuse
et qui, avec un brin d'humour, changent les épines
en roses.

Un mot peut être comme une nouvelle naissance ;
comme une étoile tombant du ciel ;
comme un morceau de pain
au début d'un long voyage.

Souvent, toutefois,
les mots s'avèrent inutiles.
Un petit geste suffit.

La violence est la pire des réponses
aux situations les plus difficiles de notre temps.

Chaque jour, les médias nous servent une ration
gargantuesque de violence et de terreur :
invasions, prises d'otages, cruauté, viols, meurtres.
Chaque jour, la violence jette son ombre
sur le bonheur de l'humanité.

Les violents sont comme des bulldozers.
Ils aplatissent tout, écrasant sur leur passage
ce qui est fragile, délicat, léger. Dans leur petit univers,
dans leur famille et dans les entreprises
où ils sont maîtres et seigneurs,
la vie devient un enfer. Quand ils font leur apparition
sur la scène de l'économie et de la politique mondiales,
ils laissent derrière eux la désolation et le désespoir.

Pour exercer le pouvoir, il faut apprendre à haïr.
Pour exercer la non-violence, il faut apprendre à aimer.

Heureux les non-violents, qui n'ont pas soif de pouvoir.
Ils se trouvent parmi les faibles, là où les personnes
se donnent les unes pour les autres.
Ils s'élèvent courageusement contre les abus de pouvoir.
Ils révolutionnent la spirale de la violence
pour en faire une spirale d'amitié et d'amour.

Les êtres humains vivent maintenant plus longtemps
qu'auparavant, mais pas toujours plus heureux.
Ils apprennent maintenant des milliers de choses,
mais surtout pas à vivre. En fait, ils n'ont rien compris.
Pour eux, le bonheur se limite à ceci :
posséder beaucoup, bien manger, voyager au loin.
Comment peut-on être aussi ignorant
dans un monde qui regorge de connaissances ?

Vivre simplement, renoncer à tout posséder,
à être envieux, à se plaindre et à se lamenter,
rire avec l'autre, exhorter l'autre à faire le bien,
être présent quand l'autre a besoin de toi.
Non pas parce que tu dois agir ainsi,
mais parce que tu y trouves joie et amour,
parce que tu es un être humain.

Tu es plus qu'une machine, avec une utilité
et des fonctions déterminées ; plus que ton titre,
plus que ton travail, plus que ton rendement. Tu es d'abord
et avant tout une personne humaine, appelée à vivre.
Appelée à rire et à aimer, à être heureuse, à faire le bien.
Voilà ce qui importe le plus en ce monde.

Avec chaque personne
qui fait le bien en ce monde,
un nouveau soleil se lève.

Ne tarde pas trop à aller dormir :
demain, il te faudra être de bonne humeur.

Beaucoup de personnes sont victimes
d'un mode de vie malsain, victimes de prétendus loisirs
qui les minent plus qu'ils ne les détendent.
Elles travaillent beaucoup moins et, le plus souvent,
paraissent encore terriblement fatiguées.
Rien que des visages de mauvaise humeur.

Le sommeil est comme un amoureux que sa bien-
aimée a renvoyé : le soir, il est venu frapper à la porte,
mais elle ne l'a pas laissé entrer. Si vous ne donnez pas
au sommeil les heures qui lui reviennent,
il se découragera et finira par ne plus revenir.
Vous aurez beau appeler le sommeil, il ne reviendra pas.

Beaucoup de personnes se tracassent, comme si
elles étaient obsédées, pourchassées par leurs soucis.
Elles ont perdu le sens du calme, du silence, de la nuit,
que Dieu nous a donnés pour nous refaire.
Des nuits troublées excitent, et la nervosité qui s'ensuit
occasionne de nouveaux problèmes.

Une bonne nuit de sommeil
résout bien des problèmes.

Beaucoup de personnes sont fatiguées
et découragées. Cachées sous une carapace fragile,
avec angoisse, elles attendent la crise.

La douleur liée à la crise est un signal, semblable
à un mal de ventre : mange autrement, tu vivras autrement !
La crise est-elle une catastrophe ou une bénédiction ?
Les crises mènent à la réflexion, ce qui est loin d'être
négligeable. Y aura-t-il dans la société des groupes
puissants qui défendront leurs propres intérêts,
sans considération pour les faibles et les sans-voix ?
Ou vivrons-nous différemment, d'une manière
plus simple, plus naturelle, plus humaine ?

Inutile de désespérer. La crise pourrait bien être
une bénédiction. Peut-être nous ouvrira-t-elle des voies
insoupçonnées pour survivre en tant qu'êtres humains.
Il nous faut dédramatiser la crise. Je ne peux
transformer le désert en un jour, mais je peux
commencer par une oasis. Tous les déserts de l'humanité
peuvent redevenir fertiles : à force d'amour.
Il nous incombe de planter des fleurs dans notre désert,
de semer des étoiles dans notre nuit, sans continuellement
poser des questions sur ce qui adviendra.
Tout repose sur une nouvelle façon de penser,
sur une nouvelle façon de vivre, sur un cœur nouveau.

À qui la faute ? Cela ne fait pas de question :
aux autres, qui pensent autrement, qui voient
les choses autrement et vivent autrement.
On sait tout naturellement qu'on est meilleur
et qu'on fait mieux les choses. On s'installe soi-même
dans le fauteuil du juge. Mais la plupart des fauteuils
du haut desquels on juge les autres reposent
sur des pieds branlants : l'ignorance, la suffisance,
la dureté...

Ne sois pas si dur avec les autres.
Essaie de trouver aussi du bon en eux.
Tu t'étonneras
de voir combien il y en a.

Il est pénible de vivre avec une personne
qui a toujours raison. Impossible de parler avec
une personne infaillible. Si tu veux éviter les ennuis,
tu ne peux que l'écouter et lui donner raison.
Les infaillibles ne sont pas si rares... dans les familles,
les mouvements, les groupes, les organisations.
Il est très difficile de vivre avec eux.

N'oublie pas que les autres
habitent une peau différente de la tienne,
qu'ils pensent différemment,
sentent différemment et vivent différemment.

Connais-tu la recette pour ne jamais être heureux ?
Avec mélancolie, regretter les beaux jours
qui ne reviendront pas. Saisi de crainte,
envisager le malheur qui pourrait venir demain.
S'imaginer la vie comme une loterie
et attendre le gros lot qui ne vient jamais.
Mais il n'y a pas d'ascenseur qui permette
d'arriver facilement au bonheur.
Tout le monde doit prendre l'escalier.

Attention ! Ne t'y trompe pas. Tu pourrais te trouver
heureux, dans un premier temps, si tu atteins ce but-ci
ou remportes cette victoire-là ; si tu peux acheter cette
auto-ci ou cette maison-là ; ou si tu peux t'offrir du
luxe. Mais le vrai bonheur n'est ni extrêmement cher,
ni extrêmement loin. Le bonheur est à notre portée.
Aujourd'hui, des petites joies fleurissent sur ta route.
Il te faut seulement les découvrir et en être reconnaissant.
Pour être heureux, il n'importe pas de posséder
plus de choses, mais d'en convoiter moins.

Cesse de remâcher les soucis du passé.
Ne te fais pas de souci absurde en pensant à l'avenir.
Si tu n'arrives pas à être heureux aujourd'hui,
ne t'attends pas à ce qu'un miracle survienne demain.
C'est aujourd'hui qu'il te faut être heureux.

En toi se trouve le bonheur.
Le bonheur commence
dans le fond de ton cœur.
Et tu le transmets :
si tu restes amical
quand d'autres sont peu aimables ;
si tu aides quand plus personne n'aide ;
si tu es satisfait
quand les autres ne cessent d'exiger ;
si tu peux rire
quand on se plaint et se lamente ;
si tu peux pardonner
quand quelqu'un t'a fait du mal.

En toi se trouve le bonheur.
Les gens diront : « Tu rêves ! »
Parce que tu persistes à croire en l'être humain,
en la vie et en la possibilité que tout puisse changer.
Le bonheur humain dépend
de l'amour donné et reçu,
et de tant de belles choses
qui ne coûtent pas un sou.

L'argent est une bonne chose. Pour la plupart des humains, l'argent signifie le pain quotidien et tout ce qui est nécessaire à la subsistance. Tout le monde veut avoir cela. C'est légitime. Mais les conflits commencent quand tout le monde veut avoir le plus possible. Le malheur commence quand l'argent devient un dieu.

Alors, les personnes se traînent à genoux devant l'argent et se livrent à la flatterie.
À cause de l'argent, des familles et des amitiés sont brisées.
Pour l'argent, des êtres humains en frappent d'autres et se transforment en assassins.
L'argent transforme des personnes en profiteurs et en exacteurs. La soif d'argent étouffe le sens de l'humanité.

Avec l'argent seul,
l'être humain ne vaut pas un sou.

Avec tout l'argent du monde,
on ne peut produire un gramme d'amour.

L'important, c'est le bonheur et la confiance,
et cela, tu ne peux pas l'acheter.
Il n'est d'amour que gratuit.

Même la personne la plus riche meurt pauvre.
La seule chose qu'elle peut emporter avec elle,
c'est la richesse de son cœur,
c'est-à-dire l'amour dont elle a aimé.

La richesse du cœur : un sourire, une poignée de main,
un geste amical, une parole joviale.
Qui perd le sens de ces richesses vives
cherche des choses stériles pour compenser.
Avec de l'argent, tu peux acheter des relations,
mais pas une amitié.
Avec de l'argent, tu peux ouvrir toutes les portes,
sauf celle du cœur.

Un fossé sépare un nombre incalculable d'êtres humains : le fossé entre riches et pauvres. Il y a des gens qui nagent dans l'argent, tandis que d'autres peuvent à peine tremper le petit orteil dans l'eau. Et cependant, il semble que ces derniers constituent souvent un obstacle à la nage des grands nageurs. Les riches se comportent comme si la richesse de la terre était leur propriété privée.

Dans l'économie de l'amour,
il te faut donner plus que ce que tu possèdes.
Il faut te donner toi-même.

Malgré la prospérité de nos pays, la vie y est, pour beaucoup de personnes, un chemin de croix. Elles sont désabusées, trompées, injuriées, battues, méprisées et expulsées. Pourquoi les êtres humains sont-ils violents entre eux ?

Une lettre, un coup de fil, une conversation me transplantent dans une jungle où les humains s'entre-torturent et se conduisent au désespoir. Alors, me trouvant impuissant devant ces nombreuses victimes qui, sur terre, sont à bout de forces, alors, du milieu de cette jungle, je voudrais crier :

« Arrêtez ! Arrêtez !
Retournez à une vie simple.
Retournez aux choses simples de la vie. »

Notre monde glacé a besoin de chaleur. Qui ne soupire pas après une parole empreinte de compréhension, après un geste affectueux ? Les gens attendent un visage jovial ; ils ont soif de tendresse. Sème de la bonté. Ne laisse personne dans le froid. Sois un cadeau pour les personnes qui souffrent et qui, dans leur isolement, cherchent une présence compatissante, une main délicate, un cœur sympathique.

Vieillir, ce n'est pas une catastrophe.
L'âge ne doit pas être un malheur.
Apprends à vieillir avec un cœur jeune :
voilà le secret.

Dans certaines cultures, les personnes âgées sont tenues en haute estime pour leur expérience de la vie, leur humour, leur sérénité et leur calme, leurs conseils et leur sagesse. Notre temps leur crée le plus souvent des problèmes : où les logeons-nous ?
Comment prenons-nous soin d'elles ?
Comment nous occupons-nous d'elles ?
Comment nous dérangent-elles le moins ?

Certaines personnes âgées sont devenues un lourd fardeau, à cause d'un dépérissement du corps et de l'esprit. D'autres tyrannisent leur entourage à force d'entêtement. Avec amour et patience, nous devons les supporter et les aider à porter leur fardeau.

Néanmoins, des trésors insoupçonnés sommeillent dans beaucoup de personnes âgées. Prenons le temps de découvrir cela. Comme elles peuvent nous être utiles, les personnes âgées ! Elles connaissent le cours des choses ; elles ne se font pas d'illusions. Comme elles sont précieuses pour nous ! Déjà, leur présence paisible nous indique le véritable prix de la vie.

Prière d'une personne âgée

Bénis soient ceux qui comprennent
que mes pieds sont devenus lents
et que mes mains tremblent.
Bénies soient celles qui acceptent
que mes yeux ne voient plus bien,
que mes oreilles entendent difficilement
et que je ne comprends pas tout tout de suite.
Bénis soient ceux qui ne pestent pas
quand je laisse échapper quelque chose
et qui m'aident à trouver mes affaires.
Bénies soient celles qui me sourient
et s'arrêtent pour bavarder avec moi.
Bénis soient ceux qui apaisent ma douleur
et tiennent compte de ma maladie.
Bénies soient celles qui frayent avec moi
et me permettent de sentir amour et tendresse.
Bénis soient ceux qui restent près de moi
quand je m'engage sur la route de l'éternité.
Bénies soient toutes les personnes
qui sont bonnes pour moi :
elles me font penser au bon Dieu.
Et je ne les oublierai certainement pas
quand je serai auprès de Dieu.

Au cœur de la vie, il y a la mort. Mais personne ne veut la voir. Personne ne veut avoir affaire avec elle. Mourir est sinistre, quand tu avances à tâtons vers un pays auquel tu n'as jamais songé et dont tu n'as jamais rêvé.

Penser à la mort a un effet libérant,
lorsqu'on peut croire à une vie éternelle.
Alors s'ouvrent des perspectives inespérées.
La vie ne finit pas dans un trou obscur.
Il y a un avenir pour la merveille qu'est l'être humain.
Lorsque tu vieillis, tu sais, d'une certitude absolue,
que tu t'approches de la limite du monde
et qu'un jour, tu tomberas dans un profond vertige.

Alors, laisse-toi tomber paisiblement,
car tu tomberas dans les mains accueillantes
et dans les bras affectueux
d'un Dieu infiniment bon.

Je le crois sans peine : le grain de blé qui meurt dans la terre se transformera en épis fleuris, puis en un nouveau grain de blé. De même, aussi, je n'ai pas de peine à croire que la merveille qu'est la personne humaine, qui meurt sur la terre, ressuscitera à une vie nouvelle dans un paradis débordant de joie.

Seigneur, libère-moi de ces désirs
dont je suis esclave et qui me rendent malade.
Libère-moi de ces illusions,
qui me rendent étranger à moi-même,
et si détestable.

Seigneur, libère-moi de cette cupidité
qui me trompe et me rend si misérable.
Libère-moi de cette passion pour les choses
qui n'apaisent jamais ma faim.

J'ai deux yeux,
précieux comme des diamants ;
une bouche, pour siffler,
et une santé
qui n'a pas de prix.
Seigneur, cela me suffit.

J'ai un soleil dans le ciel
et un toit sur la tête.
J'ai une table, et de quoi manger.
Et des personnes à aimer.
Seigneur, cela me suffit.

Là où des personnes vivent dans l'amour,
Dieu est présent.
Qui vit dans l'amour vit,
consciemment ou inconsciemment,
dans le champ magnétique d'un Dieu
qui est Amour.

Dieu est présent dans toute personne qui t'aime,
pour qui tu as du prix, qui va avec toi et reste avec toi
lorsque tombe la nuit. Dieu te regarde par le regard
de toute personne qui se montre compréhensive
à ton égard.

Dieu est présent dans toute parole qui te console
et te réconforte. Dieu est présent dans le bras
qui se pose sur ton épaule pour t'encourager,
dans la main qui t'indique le chemin.

Dieu est présent dans la bouche qui t'embrasse
avec amour, dans la chaleur du cœur que tu sens
dans une étreinte. Là où l'amour demeure dans le cœur
des personnes, celles-ci peuvent parler de Dieu
de façon significative et se comprendre entre elles.

L'amour : une invention de l'être humain ?
Non ! Une invention de Dieu.

Vivre,
c'est étreindre des personnes et des choses
puis les laisser aller,
pour qu'elles puissent croître et fleurir
sous le regard de Dieu.

Vivre,
c'est dire merci pour la lumière
et pour l'amour,
pour la chaleur et pour la tendresse
qui sont données si simplement
dans les personnes et dans les choses.

Vivre,
c'est regarder toute chose comme un don de Dieu ;
c'est laisser toute chose être don de Dieu ;
c'est ne posséder rien ni personne
et pousser des cris de joie
pour chaque étoile qui tombe du ciel.